DU

DROIT DIVIN

DU

DROIT DIVIN

PAR

ALEX. DE SAINT-ALBIN

*Dixitque Dominus ad Samuelem :...
Imple cornu tuum oleo, et veni, ut
mittam te ad Isaï Bethlehemitem : pro-
vidi enim in Filiis ejus mihi Regem.*
I REG., XVI, 1.

*In unamquamque gentem præposuit
rectorem.*
ECCLI. XVII, 14.

Et le Seigneur dit à Samuel :... Remplis
d'huile la corne que tu as, et reviens,
pour que je t'envoie à Isaï de Bethléhem :
car je me suis choisi un Roi entre ses
enfants.

Il a établi un chef pour gouverner chaque
nation.

PARIS

LIBRAIRIE CATHOLIQUE ET ROYALISTE

J. FÉCHOZ, ÉDITEUR.

RUE DES SAINTS-PÈRES, 5

MDCCCLXXIII

DU DROIT DIVIN

I

La Révolution est satanique, dit Joseph de Maistre.
Et ce mot-là n'est sous sa plume ni une parole de colère,
ni une hyperbole, ni une image : c'est l'expression toute
simple de la vérité. On la trouve dès 1797 dans le livre
qui vient de révéler à l'Europe le grand philosophe
catholique[1]. On la retrouve, dix-huit ans plus tard, dans
sa correspondance, d'abord dans une lettre adressée
au marquis Clermont Mont-Saint-Jean[2], puis dans une
autre adressée à l'Archevêque de Raguse[3].

La Révolution est satanique. C'est la pensé constante

1. « Il y a dans la Révolution française un caractère *satanique* qui
« la distingue de tout ce qu'on a vu et peut-être de tout ce qu'on
« verra. » — *Considérations sur la France*. Chap. v. Nouv. édition
(1821), p. 77.

2. « La Révolution française est satanique ; si la contre-révolution
« n'est pas divine, elle est nulle. » — *Lettres et Opuscules*. IIIe édit.,
tome Ier, p. 359.

3. « La Révolution française est *satanique* dans son principe ; elle
« ne peut être véritablement finie, tuée, exterminée que par le prin-
« cipe contraire, qu'il faut seulement délier (c'est tout ce que l'homme
« peut faire), ensuite il agira tout seul. » — *Lettres et Opuscules*.
Tome Ier, p. 384.

de Joseph de Maistre. Quand il a reconnu en elle ce caractère, la Révolution n'a plus de mystères pour lui ; les extravagances, les folies, les crimes monstrueux de la Révolution ne sont plus pour lui comme pour le vulgaire des effets sans cause ou des effets sans proportion avec leur cause, ce qui est la même chose ; il comprend la Révolution incompréhensible à tous ceux qui n'ont pas su voir ou qui n'ont pas voulu voir en elle la fille de Satan ; il la comprend dans ses séductions et dans sa violence, dans sa force et dans son impuissance, dans ses mensonges et ses impostures et dans le cynisme de ses aveux, dans sa grandeur[1] sauvage et dans son ignoble bassesse. Et, comme il la comprend, il la hait de cette haine surhumaine que Satan et tout ce qui est de Satan inspire à un véritable enfant de Dieu. Cette intelligence et cette haine ont fait et font encore à cette heure de Joseph de Maistre le plus formidable ennemi de la Révolution.

L'homme ne peut pas reconnaître la vérité sans être tenu par cette reconnaissance même de faire de la vérité la règle de ses pensées, de ses affections et de ses actes, la règle de sa vie intime, de sa vie privée, de sa vie publique. Si les générations qui se sont succédé depuis plus d'un siècle n'ont pas reconnu dans la Révolution le caractère de Satan, comme on reconnaît dans les traits d'une fille les traits de son père, c'est que, déjà séduites

---

1. La grandeur de la Révolution !... Pourquoi pas ? Saint Jean ne signale-t-il pas la grandeur du Démon ?

« Et visum est aliud signum in cœlo : et ecce draco MAGNUS rufus, « habens capita septem...

« Et projectus est draco ille MAGNUS, serpens antiquus... » *Apoc.*, XII, 3, 9.

par la Révolution, elles ne voulaient pas lui crier : *Vade retro ?* Parce qu'elles étaient séduites, elles n'ont pas repoussé la Révolution ; et parce qu'elles ne l'ont pas repoussée, elles ont laissé leur séduction se consommer. Et les erreurs qui expliquent toutes nos fautes ne les justifient pas, car ce sont des erreurs criminelles.

Les historiens qui font commencer l'histoire de la Révolution à 1789 ressemblent au biographe qui ferait commencer la vie d'un brigand au jour où, parvenu à l'entier développement de sa force, il répand autour de lui la terreur et la mort. La puissance qui a pu faire peser vingt-trois mois la Terreur sur cette grande nation française n'était pas née trois ans auparavant.

Mais, pour ne pas rompre avec le principe de la Révolution, on ne veut pas reconnaître que ce principe est satanique, que la Révolution est la guerre faite à Dieu, et qu'elle a rempli tout le dix-huitième siècle. Elle s'appelait d'abord la philosophie et disait aux Rois, pour s'assurer leur complaisance ou au moins leur *tolérance* : Je ne combats que la superstition. Mais elle devait bientôt combattre, renverser, tuer les Rois, qui sont ici-bas les représentants et les délégués de Dieu. Dès qu'elle se sentit à peu près maîtresse, elle proclama les *droits de l'homme*. Il serait plus juste de dire qu'elle les étouffa, l'homme tirant ses véritables droits du droit de Dieu, comme un enfant tient ses droits de son père [1]. Mais la Révolution proclame les droits de l'homme pour

---

1. L'enfant est appelé, dans la langue des légistes, l'*ayant droit* de son père. Nous sommes tous des *ayants droit* de notre Père qui est aux cieux. Nous n'avons rien en propre, pas même les fruits de notre travail, ayant travaillé sur un fonds qui n'était pas nôtre, avec des forces morales, intellectuelles, physiques, que nous avions reçues.

les opposer au droit de Dieu qu'elle veut abolir, à l'autorité de Dieu contre laquelle Satan a soulevé l'homme dès le commencement.

II

Quand il provoqua la révolte du premier homme contre l'autorité de Dieu, Satan, qui est *menteur et père du mensonge* [1], sut tromper l'homme sur le caractère de Dieu, qui venait de le combler de tant de biens et de lui montrer tant d'amour. Dieu, dans les discours de Satan, n'était plus le créateur de l'homme et son père, mais son rival, jaloux des connaissances que l'homme pouvait acquérir : « Dieu sait que le jour où vous aurez « mangé de ce fruit, vos yeux seront ouverts, et vous « serez comme des dieux, connaissant le bien et le mal [2]. »

L'Ennemi qui avait pu altérer ainsi la figure de Dieu dans l'esprit de l'homme, admis alors à voir Dieu face à face, s'est servi de la même ruse et a eu la même puissance pour rendre odieux à l'homme le *droit divin*.

Il a séduit l'homme en proposant à sa volupté toutes les jouissances interdites par la loi divine, loi de mortification, comme il lui avait présenté jadis, pour exciter ses sens, le fruit défendu, fruit beau et délectable à la vue [3]. Et, en même temps qu'il s'adressait à la volupté, qui est l'orgueil de la chair, il s'adressait aussi à l'orgueil, qui est la volupté de l'esprit ; il promettait à l'homme le *progrès*, le *progrès indéfini*, que l'homme

1. Joan., VIII, 44.
2. *Gen.*, III, 5.
3. *Gen.*, III, 6.

prenait pour le progrès infini ; il répétait cette parole
dont il avait éprouvé la puissance sur le cœur humain :
« Vous serez comme des dieux.»

Mais, avant de s'adresser au peuple chrétien pour le
soulever contre le droit divin, il avait altéré profon-
dément la notion du droit divin dans la société chrétienne. Il avait, dans sa ruse profonde et dans son audace
impie, séduit la conscience chrétienne, il l'avait irritée
contre le droit divin. Le droit divin, — on l'a pu croire
et on le croit encore ! — c'était le droit de quelques
familles contre le genre humain et contre Dieu. Le droit
divin, c'était la contradiction de la loi divine ! Le droit
divin, c'était, en dépit de son nom, un droit propre à
quelques hommes et qui les affranchissait de l'autorité
de la loi divine. Le droit divin, c'était le droit qu'aurait
eu, par exemple, l'un de ces dieux de l'Olympe, souillés
de tous les vices, s'il fût descendu sur la terre pour y
vivre parmi les hommes et les écraser de sa puissance.
Et quand Molière, encore plus courtisan que poëte,
voulut glorifier ce droit divin qui ne connaît plus de
droit ni de lois, il choisit précisément Jupiter. Dans
cette comédie, qui est, malgré le génie de l'auteur,
un crime et une lâcheté, le maître des dieux, « annoncé
« par le bruit du tonnerre, armé de son foudre, dans
« un nuage, sur son aigle, » dit à Amphitryon :

> Un partage avec Jupiter
> N'a rien du tout qui déshonore ;
> Et sans doute il ne peut être que glorieux
> De se voir le rival du souverain des dieux.

Et Mercure dit plus brutalement encore :

> ...Les coups de bâton d'un dieu
> Font honneur à qui les endure.

Le poëme insipide de la *Henriade* repose sur la même pensée païenne ; le Roi possède un droit divin contre lequel les particuliers et la société tout entière sont sans droits, contre lequel la loi elle-même de Dieu est sans autorité ; le Roi peut mettre la main sur les biens et sur les personnes, à sa fantaisie et pour son plaisir ; le droit divin du Roi peut imposer à une nation fidèle un Prince hérétique ; le droit divin du Roi domine le droit de Dieu ; et la Ligue armée pour le droit de Dieu et pour le droit de la nation Fille aînée de l'Église, est condamnée par le droit divin [1] !

III

En prêtant au droit divin ce caractère païen, intolérable à une société qui, au milieu de ses défaillances et de ses égarements, gardait un profond sentiment de l'égalité chrétienne, et en excluant l'humanité tout entière des bénéfices du droit divin pour les réserver aux seuls Rois, la Révolution a pu soulever le monde entier contre le droit divin, le genre humain contre le droit de son Père qui est son droit à lui-même.

Il semblerait que cette exclusion dût au moins, en voilant le droit divin dans toute autre autorité que l'autorité royale, restreindre à l'autorité royale l'action funeste du paganisme renaissant. Mais Satan sait bien reconnaître Dieu partout, et cette peste de paganisme

---

1. Ai-je besoin de dire que pour les catholiques la Ligue n'est légitime que jusqu'à l'abjuration et à l'absolution de Henri IV ? Cette abjuration prononcée par le descendant de nos Rois et acceptée par le Souverain Pontife, la Ligue n'avait plus de raison d'être.

étendit ses ravages sur toute autorité de droit divin, c'est-à-dire sur toute autorité légitime.

Cette exclusion ne pouvait profiter ni aux Rois, car elle irritait contre eux les autres supérieurs qui se voyaient découronnés quand les Rois paraissaient toujours entourés de leur auréole de gloire, ni aux autres dépositaires de l'autorité, à qui elle ôtait, avec leur couronne, leur lumière et leur force. Le père, bien qu'il soit de tous les maîtres d'ici-bas celui que son amour naturel pour ses enfants défend le mieux contre les suggestions du dehors et contre celles qu'il entend au fond de son cœur, est-il bien assuré que cet amour sera toujours le plus fort? Ne voit-on pas trop souvent cet amour succomber, étouffé par les plus honteuses passions? Le père, qui ne sait plus d'où lui vient son autorité, qui ne sait plus par conséquent qu'il a été donné à ses enfants pour leur propre bien, et que ses enfants ne lui ont point été donnés pour sa satisfaction à lui-même, n'est-il pas tenté de faire de ses enfants les serviteurs de son bien-être ou de son orgueil?... Faut-il parler d'autres maîtres et d'autres serviteurs? Et tous les maîtres ne semblent-ils pas avoir adopté cette définition du maître qu'on appelle le propriétaire et qui, n'ayant plus le droit divin, prétend avoir son droit propre, LE DROIT D'USER ET D'ABUSER, comme parle notre loi païenne!

En déléguant son droit aux hommes, Dieu l'avait divisé. En face du droit divin des Rois il y avait ou plutôt il y a, — car la vérité, bien qu'effacée de nos esprits, subsiste éternellement, — il y a, en face du droit divin des Rois, le droit divin des nations et des particuliers; en face du droit divin des pères, le droit

divin des enfants; en face du droit divin des maîtres
du sol et de toutes les richesses, le droit divin de ceux
qui ne possèdent rien ; en face du droit divin des maîtres, le droit divin de tous les serviteurs.

Quand tous les Chrétiens disent à Dieu : *Notre Père,*
quand l'Eglise invite tous les hommes à se faire chrétiens et à répéter cette invocàtion, nul homme vivant
sur la terre ne peut être exclu du droit divin. Nul enfant
ne peut être exclu de l'héritage de son père, si son père
n'a lui-même prononcé la sentence d'exhérédation. Le
pécheur et le révolté ne peuvent eux-mêmes être exclus,
car le révolté a le droit de se soumettre et le pécheur
le droit de se réconcilier. Qui pourrait refuser au con-
damné le droit d'implorer sa grâce, sans nier par là
même au Prince son droit de faire grâce? L'excommunié
qui fait pénitence pour rentrer dans la communion des
enfants de Dieu, use du droit divin qui en Dieu a encore
un autre nom et s'appelle la miséricorde. Celui-là seul
que Dieu a irrévocablement maudit, et irrévocablement
banni de la société de ses enfants en le saisissant dans
sa révolte pour le livrer à la mort, celui-là seul n'a plus
aucune part au droit de Dieu, ne pouvant plus repren-
dre sa place parmi les enfants de Dieu. Mais le plus
odieux criminel, voué par la sentence la plus juste au
dernier supplice, n'est pas encore déchu de son droit,
car, vivant encore, il peut encore rentrer en grâce auprès
de Dieu, et la société chrétienne doit, sous peine de
n'être plus chrétienne, assurer à cet enfant de Dieu
l'assistance d'un ministre de Dieu chargé de l'exhorter
et, si le maudit ne veut plus être maudit, de l'absoudre
et de le bénir. Nul homme vivant sur la terre n'est
exclu du droit de Dieu, pas même le déicide, et Judas

pouvait se repentir, pleurer et obtenir le pardon et regagner l'amour du Maître qu'il avait trahi. Et si le péché, si la révolte, si la trahison, si le crime même le plus exécrable n'entraîne pas nécessairement la déchéance du droit divin, comment l'humilité de la condition, la faiblesse, la sainte pauvreté que Jésus a embrassée, seraient-elles traitées avec moins de faveur? comment ceux qui sont déchus de la grâce de Dieu auraient-ils un sort meilleur que les déshérités du monde qui vivent dans sa grâce?

Non, encore une fois, nul homme vivant sur la terre n'est exclu du droit divin. Et c'est à cette participation de tous au droit divin que l'Eglise catholique doit d'être, suivant une parole fameuse, *la plus grande école de respect*. Ce que le premier parmi les hommes respecte dans le dernier, ce que le plus puissant respecte dans le plus faible, ce que le plus saint respecte dans le plus criminel, et le plus pur dans le plus souillé, c'est le droit inamissible jusqu'à la mort, le droit divin !

Cependant la Révolution a concentré tout le droit divin dans un seul homme, qui s'est ainsi vu et que tous ont vu, non pas seulement, comme il l'est en vérité, maître légitime dans l'état, mais maître partout et au-dessus de tous les maîtres, maître de la personne et des biens de ses sujets, maître dans la famille au-dessus de l'époux et du père, maître jusque dans l'Eglise, au-dessus des Evêques, successeurs des Apôtres, maître des consciences chrétiennes, maître des croyances religieuses, maître de la foi, maître de la vérité !

Le droit divin réservé au seul Prince, à l'exclusion de tous les autres supérieurs, aboutit fatalement à ces conséquences monstrueuses, car il est de l'essence du droit de Dieu, et parce qu'il est le droit de Dieu, d'être infini. Il l'est en Dieu, infiniment bon et infiniment sage, en Dieu, principe et auteur de toutes choses. Et dans l'homme à qui Dieu le délègue, le droit divin ne peut être limité que par le droit divin lui-même délégué en même temps à d'autres hommes. Comment le père pourrait-il résister au Prince qui met la main sur son enfant et qui lui dit : Je tiens mon droit de Dieu ! — s'il ne peut lui répondre : Le droit que Dieu vous a délégué dans l'État pour le bien de la chose publique, il me l'a délégué à moi-même dans ma maison pour le bien de ma famille :

Nous avons tous les deux au front une couronne !

IV

Quel poids, d'ailleurs, que celui du droit divin, s'il pèse sur un seul homme ! Le droit, pour qui considère les choses de haut et de près tout à la fois, c'est-à-dire en leur principe, le droit dans l'homme n'est et ne peut être que la puissance légale[1] d'accomplir le devoir. Les philosophes qui s'amusent à inscrire les droits de l'homme en tête des constitutions, ne voudraient assurément pas reconnaître au droit cette raison d'être, mais ils seraient bien embarrassés de lui en assigner une autre. Cependant la puissance légale ne suffit pas à l'accomplissement du devoir. Il y faut encore cette force que l'homme trouve dans son cœur fait, comme son intelligence, à la ressemblance de Dieu, cette force qui

1. Légale, selon la Loi divine. Il s'agit ici de droit divin.

s'appelle l'amour. On n'imagine guère un père sans amour, mais on ne saurait du tout imaginer un père pouvant accomplir sans amour les devoirs que Dieu lui a imposés et pour lesquels il l'a fait entrer en partage de son droit souverain.

L'autorité (*auctoritas*), c'est le droit de l'auteur (*auctoris*) sur son œuvre. Et l'auteur aime son œuvre comme il s'aime lui-même et parce qu'il s'aime lui-même, car il se reconnaît dans son œuvre. Il n'y a d'auteur absolu que Dieu, puisqu'il n'a communiqué à aucune de ses créatures son pouvoir de créer quelque chose de rien. Et parce qu'il n'y a d'auteur absolu que Dieu, il n'y a d'autorité absolue que la sienne. Mais il a fait de nous des auteurs de second ordre, et notre autorité sur nos œuvres est en raison de notre qualité d'auteurs. Et Dieu qui nous a créés par amour et qui nous aime parce qu'il nous a créés, Dieu, en nous faisant créateurs à son image, a voulu que l'amour fût à l'origine et à la suite de toutes nos créations. On ne dit pas qu'un père aime ses enfants : on dit qu'il est père, et c'est assez dire. Mais Royauté et Paternité, — on comprend bien que je ne peux parler ici que de la Royauté légitime, — Royauté et Paternité sont les deux noms de la même chose considérée dans une nation ou dans une famille. Et Papauté et Paternité, c'est le même nom de la même chose. Le Pape est le père de la grande famille humaine, le père de toutes les nations, le père de toutes les familles particulières, le père de tous les chrétiens, le père de tous les hommes, car tous les hommes, enfants de Dieu, sont appelés à l'héritage de Jésus-Christ.

Le devoir, le droit et l'amour sont donc inséparables dans l'homme. Et si un seul homme ne peut pas avoir

la charge de toutes les nécessités publiques et particulières d'un peuple et des millions d'individus qui le
composent, s'il ne peut pas supporter à lui seul le
poids de toutes les sollicitudes et de tous les devoirs, il
ne peut pas avoir tous les droits, qui sont enfermés
tous dans le droit divin. Un saint Louis, — je prends
ce nom-là, n'en connaissant point de plus grand parmi
les hommes, — un saint Louis n'aurait pas encore le
cœur assez vaste pour contenir tant d'amour.

Dieu, qui est l'autorité souveraine et l'amour infini,
n'a pas pu communiquer son droit sans son amour, ni
dans une plus grande proportion que son amour, car de
ce droit, qui est divin, il aurait fait à l'homme un objet
d'horreur. Satan, je l'ai déjà rappelé, quand il veut
rendre odieuse à l'homme l'autorité divine, voile l'amour
de Dieu : « Dieu sait que le jour où vous aurez mangé
« de ce fruit, vos yeux seront ouverts, et vous serez
« comme des dieux », et votre grandeur prochaine lui
porte ombrage. — Quand celui qui doit obéir ne croit
plus à l'amour de celui qui commande, lui-même ne
peut plus l'aimer. Or il n'y a que deux puissances, il n'y
en a pas trois, il n'y a que deux puissances qui règnent
sur le cœur de l'homme, l'amour et la terreur. Mais la
soumission obtenue par la terreur, qui livre l'homme
à toutes les inspirations du désespoir, est mal as-
surée.

Dieu qui fait circuler dans tout le genre humain les
flammes de son amour dont il embrase le cœur des
pontifes et des prêtres, des pères et des mères et des
enfants, des époux, des maîtres et des serviteurs, des
princes et des sujets, de tous les supérieurs et de tous
les hommes, leur a délégué à tous quelque chose de

son droit. Et quand la Révolution a effacé ce divin caractère de tous les droits que l'homme peut posséder ici-bas, pour ramasser tout le droit divin dans un seul homme, elle a renversé par là tout l'ordre admirable établi de Dieu, et a remplacé, autant du moins que cette entreprise infernale d'oblitération du droit divin a pu s'accomplir, elle a remplacé dans toutes les relations humaines l'amour par la haine et la confiance par la terreur.

Cette substitution satanique est surtout visible dans les rapports des peuples avec leurs Princes. Les peuples, sans raisonner beaucoup, sentent bien qu'avec la plénitude du droit divin attribuée aux Princes par le seul fait de la négation du droit divin dans les autres supérieurs, il faudrait aux Princes la plénitude de l'amour divin, et que les Princes ne peuvent pas l'avoir. Les peuples sentent bien que les Princes qui ne peuvent pas, dans l'usage qu'ils font de ce droit que Dieu leur aurait délégué sans mesure, être inspirés par un amour sans mesure, le seront par leur propre intérêt, ou plutôt par leurs passions égoïstes. Et les peuples prennent en haine cette autorité qu'ils voient établie au-dessus d'eux, mais non pour eux, puisque ce droit divin des Princes est un droit sans amour.

Ainsi les peuples ne se confient plus en leurs Princes et ne peuvent plus leur être assujettis que par la terreur. Et les Princes ne se confient plus en leurs peuples et ne voient, eux aussi, qu'avec terreur, ceux qu'ils ne devraient regarder qu'avec amour, comme un père regarde ses enfants.

Je parlais tout à l'heure du dix-huitième siècle. Le dix-huitième siècle n'a pas plus inventé cependant le droit divin concentré dans un seul qu'il n'a inventé l'impiété qui remonte à Caïn, ni la révolte qui remonte au premier homme.

Dieu, en associant les hommes à ses desseins et en leur communiquant son droit, ne leur a pas enlevé leur liberté pour les revêtir d'une perfection sans mérite. Et chacun des dépositaires du droit divin peut dire :

> Mon Dieu, quelle guerre cruelle !
> Je trouve deux hommes en moi.

L'homme rebelle, non content de la part que Dieu lui a faite, veut tout le droit divin. Comment ne le voudrait-il pas, étant dévoré de désirs immenses et comme infinis ? Est-ce donc trop, pour les assouvir, de tout le droit divin ? Ce n'est pas encore assez, car la satiété n'est pas le contentement, mais au contraire l'ennui rongeur. Quand les Princes, amollis par la volupté, n'envisagent plus qu'avec épouvante l'austérité chrétienne, ils se retournent vers les traditions païennes. Alors l'homme rebelle étouffe l'homme fidèle, et le Prince païen qui n'écoute plus que ses désirs et non son amour, ne comprenant plus les rapports nécessaires du droit et de l'amour, réclame pour lui tout le droit de Dieu, non comme un droit communiqué, mais comme son droit propre, car César est Dieu.

C'est l'histoire des derniers Valois. A eux remonte l'hérésie religieuse, sociale et politique du droit divin concentré dans un seul homme, comme la Révolution remonte à la Réforme et à la Renaissance. Cela ne veut pas dire que cette hérésie abominable ne se rencontre jamais dans la société chrétienne avant les Valois, ni la révolte contre la Loi divine avant la Renaissance :

— 15 —

mais elles ont, avant la Renaissance et avant les Valois,
un caractère plus individuel. Le caractère général
qu'elles ont pris au quinzième et au seizième siècles,
en a fait les deux fléaux du monde moderne, ou plutôt
un seul fléau, un seul monstre, à deux faces également
sinistres, l'anarchie et la tyrannie.

V

La tyrannie, qui, suivant la définition si exacte de
Pascal, « consiste au désir de domination universelle
« et hors de son ordre [1] », ne peut pas s'appuyer sur
le droit divin, par lequel est établi l'ordre qu'elle vient
troubler. Tout pouvoir qui veut étendre sa domination
hors de son ordre, s'élève par là contre Dieu, auteur de
l'ordre, et contre le droit de Dieu.

Quand une société ne reconnaît plus le droit de Dieu,
l'anarchie se produit, comme se produit l'obscurité à
l'instant où la lumière s'éteint. Un sophiste a prétendu
de nos jours ériger l'*Anarchie* en système et en doctrine et, pour établir sa légitimité, s'est perdu en rai-
sonnements qui sont autant d'outrages à la raison.
L'anarchie ne peut être ni un système ni une doctrine,
n'étant qu'une négation. Elle ne peut jamais être légitime, mais elle est parfois fatale comme la mort, quand
on a supprimé le principe de la vie.

C'est bien la mort, en effet. Dieu n'étant pas l'auteur
seulement d'un ordre particulier, mais l'auteur de

1. *Pensées.* Article VI, § XXXVII. — IIe édition. Havet, tome Ier,
p. 84.

l'ordre universel, son droit ne peut pas être contesté sans que tout soit ébranlé : société politique, famille, lois, mœurs, institutions, intérêts qui semblaient les résultats les mieux assurés d'une longue civilisation. Cela étant, si toute une génération pousse contre le droit de Dieu le cri de la révolte, plus rien ne se tient debout dans le monde. Par nos révolutions de 1789 et 1830, la politique est affranchie du droit divin des Rois; mais la morale est pareillement affranchie : elle ne veut plus reconnaître Dieu, elle se proclame indépendante, et les hommes qui ont encore quelque lueur de raison voient avec terreur qu'il n'y a plus de morale, que la morale est morte, et que ce sont les plus ignobles appétits de la bête qui prennent le nom de morale indépendante.

Mais les indépendants protestent. La divine lumière, qui n'était pas absolument éteinte dans le monde païen, ne l'est pas non plus si bien dans le monde moderne, que les plus hardis révolutionnaires ne sentent qu'ils ne pourraient abjurer toute morale sans renoncer au nom et à la dignité d'hommes, car c'est la loi morale qui nous distingue des animaux, conduits seulement par leurs instincts et par leurs appétits. Les indépendants soutiennent donc, tout en rejetant l'autorité de Dieu, qu'ils ont une morale. Ils pourraient aussi bien se vanter d'en avoir cent, car chacun a la sienne différente de la morale de son voisin. Le riche a la sienne dont il est l'apôtre ardent, car elle doit le protéger dans la possession des biens où il a mis son cœur. Mais la plèbe qui ne possède rien et qui veut jouir, repousse cette morale du riche qui se place entre elle et la propriété qu'elle convoite.

> Je voudrais bien savoir, dit-elle, quelle loi
> En a pour toujours fait l'octroi
> A Jean, fils ou neveu de Pierre ou de Guillaume,
> Plutôt qu'à Paul, plutôt qu'à moi !

L'époux a sa morale déjà très-large, mais non tout à fait assez large cependant, au gré du célibataire qui a sa morale différente, que les plus indépendants n'oseraient appeler une morale étroite. La femme, quand, cessant d'être chrétienne, elle s'est exposée aux atteintes de cette peste, la femme a aussi sa morale qui autorise toutes les infidélités et toutes les trahisons, tous les mensonges, toutes les duplicités et tous les parjures, toutes les fourberies et toutes les perfidies, tous les plus infâmes partages et toutes les promiscuités. Alors on retrouve dans la famille humaine qui, selon les indépendants, descend des singes, l'effrayante image de ces ancêtres.

Sans le droit divin, il n'y a plus de morale dépendante de l'autorité divine, c'est-à-dire qu'il n'y a plus de morale. Sans le droit divin, il n'y a plus de mariage, mais une société précaire et honteuse de l'homme et de la femme. Sans le droit divin, il n'y a plus de respect pour la femme : car seul le droit divin distingue la famille humaine des accouplements des animaux sans raison. Par une contradiction qu'il faudrait appeler monstrueuse, si l'histoire, à toutes ses pages, ne nous en présentait de pareilles, on avait voulu conserver à la société domestique son caractère sacré, quand on ne reconnaissait plus le droit divin des époux, le droit divin des pères, des mères et des enfants ; on avait voulu maintenir encore ce caractère sacré, après avoir aboli le droit divin au sommet de la société politique.

2

Comment, cependant, après avoir établi les causes et sans songer à les étouffer, mais au contraire à les développer, vouloir arrêter leur puissance et les empêcher de produire leurs effets ? Comment, après avoir affranchi de Dieu la société domestique, vouloir qu'elle ne cesse pas d'être sacrée ? La logique, qui fait si souvent défaut aux hommes, ne fait jamais défaut aux successions d'hommes. Et la même école qui avait affranchi de l'autorité divine la famille et voulait d'abord que la famille demeurât sacrée, qu'elle continuât de se former par l'union religieuse de l'homme et de la femme, la même école a réclamé depuis la *sécularisation* du mariage, ne pouvant comprendre qu'il n'y a point de lien indissoluble s'il a été formé sans l'intervention de Dieu et par les seules passions humaines, si mobiles et si changeantes. Puis la même école, renonçant à l'indissolubilité, voulut que le lien pût se nouer et se dénouer, comme les caprices naissent et s'évanouissent. Et aujourd'hui la même école ne veut plus de lien même si facile à dénouer, plus de mariage même purement civil. Après avoir voulu *la liberté dans le mariage*, elle ne veut plus que la liberté. Les premiers indépendants, quand on leur montrait d'avance le terme où sont arrivés aujourd'hui leurs disciples, protestaient avec horreur. Mais ce terme était au bout de la voie où ils s'engageaient eux-mêmes pour se soustraire au droit divin et à l'autorité divine, et marcher dans leur indépendance.

Tout être, — oserai-je le dire ? il y a des vérités qu'on rougit de rappeler, tant elles sont claires et évidentes ! — tout être qui s'écarte de la loi qui lui est imposée, décheoit. C'est ainsi que tout le genre humain est déchu par la révolte du premier homme. Les indépendants, qui se font gloire de ne croire ni à un premier homme, ni à la défense que Dieu lui avait faite, ni à la révolte, ni à la chute, peuvent du moins lire cette vérité dans tous les faits de l'ordre naturel et visible. Si quelqu'un d'eux essaie de soustraire une plante aux lois qui la régissent, il la verra languir ; s'il prolonge cette expérience, il verra la plante périr. Cependant nommer la morale indépendante, c'est reconnaître que le genre humain est soumis à des lois morales. Mais comment ne pas croire, au milieu de tant d'opinions diverses et contraires sur les prescriptions de ces lois, que les prescriptions véritables sont méconnues et violées ? Et si cette violation est l'effet nécessaire de l'indépendance de la morale, où la morale indépendante précipite-t-elle l'humanité ?

Mais la contradiction n'est pas seulement entre la morale de chaque indépendant et la morale de son voisin, elle est déjà, elle est surtout dans les deux mots qui composent le nom de la morale indépendante. Qui saurait imaginer une loi sans un législateur qui l'a édictée ? Qui saurait imaginer une loi indépendante de son auteur? Indépendante, la morale n'est plus une loi, elle n'est plus que la fantaisie de chaque homme livré à ses passions et à ses appétits brutaux. Elle n'est pas autre chose, en effet.

VI

Il ne faut jamais dire que l'homme oppose son droit au droit de Dieu, ni qu'il substitue sa volonté à la volonté divine, car il ne peut pas y avoir de droit contre Dieu,

et la volonté libre qui renonce à sa liberté pour se laisser aveuglément conduire par la passion, doit perdre
son nom et n'être plus appelée que l'orgueil ou la sensualité. C'est surtout la sensualité qui a fait la morale
indépendante, c'est surtout la superbe qui a fait la
révolte contre le droit divin des Rois. Mais on les
trouve l'une et l'autre dans chacune de ces deux révoltes,
comme des complices étroitement unies par la solidarité
du crime. Et, pour parler plus exactement, on retrouve,
à l'origine de la morale indépendante et à l'origine de
la révolte contre le droit divin des Rois, tous les péchés :
l'orgueil, l'avarice, l'envie, la gourmandise, la luxure,
la colère et la paresse. Contre Dieu, tous les démons de
l'Enfer sont réunis et conjurés.

Il ne faut jamais dire, si l'on veut parler selon la
vérité, que l'homme s'affranchit de la volonté divine
pour faire prévaloir sa propre volonté. On n'invoque
cependant pas contre le droit divin autre chose que
l'indépendance de la volonté de l'homme. On élève
contre le droit divin des Rois la souveraineté nationale,
le droit du peuple de renverser le Prince, de le rempla-
cer par un autre Prince, le favori de la multitude à
l'heure présente, ou même de changer l'essence du
gouvernement et, par une insurrection triomphante
ou par un vote, de faire en un instant d'une monarchie
une république. Mais cette théorie, que la Révolution
proclame indiscutable, a contre elle l'histoire de tous
les temps et de tous les peuples. On n'a jamais pu soustraire la politique au droit divin, à l'autorité divine,
sans faire dévier la société de la voie que Dieu lui avait
marquée, et dans laquelle seule elle pouvait marcher
d'un pas ferme et accomplir ce progrès dont la barbarie

a pris depuis un siècle le masque et le nom. On n'a
jamais pu donner pour règle suprême à la politique, la
volonté, c'est-à-dire la passion de l'homme, la volonté,
la passion du peuple, qui n'est qu'une collection d'hommes, sans livrer la société à toutes les inspirations
d'une folie furieuse.

VII

Mais, dira-t-on, il est vraiment trop commode de con-
fondre ainsi de parti pris la volonté de l'homme et sa
passion, pour établir sur cette confusion systémati-
que la condamnation de la souveraineté du peuple et
de la raison humaine.

C'est que l'homme n'a rien en propre, pas plus sa
raison que sa vie. Et il ne serait pas plus difficile
d'imaginer un rayon séparé du foyer de la lumière
et continuant d'être rayon, que d'imaginer la raison
humaine séparée de la raison divine et continuant
d'être la raison. En séparant l'homme de Dieu, la Révolution lui enlève son caractère. Elle lui dit : Tu n'étais
pas seulement semblable au singe, tu étais singe, et
voici que par tes efforts courageux et intelligents tu
es devenu homme. — Elle ment. Cette figure hideuse
qu'elle lui montre derrière lui est devant lui, et c'est,
que l'homme le sache ! à cette ressemblance qu'elle le
conduit en l'amusant de ses flatteries. Dieu avait créé
l'homme à son image, et la Révolution va le refaire à
l'image du singe.

Voyez que déjà l'homme, après avoir proclamé
l'indépendance de sa raison, n'agit plus que comme
un animal sans raison.

La raison dit que le droit de l'homme, créature de Dieu et enfant de Dieu, c'est le droit divin. Et cependant il ne veut plus du droit divin. Fils insensé autant que dénaturé, il repousse un héritage magnifique qui ne lui apportait d'autre charge que l'obligation d'honorer un père plein de gloire, d'aimer un père d'une tendresse infinie, de respecter la volonté d'un père dont la sagesse ne peut jamais faillir. L'homme se recherchant lui-même et ne recherchant que lui seul, n'écoutant que sa raison indépendante, repousse le droit divin qui est son propre droit.

La raison dit que l'autorité comme la lumière vient d'en haut. Et cependant l'homme, invoquant l'indépendance de la raison, demande aux abîmes d'éclairer les sommets, à la terre d'éclairer le ciel, et aux peuples de choisir les pasteurs des peuples.

La raison dit que les pasteurs des peuples, pour être vraiment des pasteurs et non des loups dévorants, doivent être généreux, compatissants et craignant Dieu. Le peuple, dont la raison indépendante guide le choix, prend des maîtres, il ne faut plus dire des pasteurs, égoïstes, durs et impies.

C'est l'histoire ! C'est l'histoire de nos quatre-vingts dernières années. Depuis 1792, notre malheureux pays, affranchi du droit divin, a choisi tous ses gouvernements, un seul excepté. Et tout le monde avoue aujourd'hui que, malgré des fautes que l'on verra toujours, car elles tiennent à la nature humaine des dépositaires du droit divin, et on les rencontre dans le gouvernement des familles particulières comme dans le gouvernement des nations, tout le monde avoue aujourd'hui que cette interruption dans l'exercice de la souveraineté du

peuple a donné à la France les quinze années les plus
prospères et les plus glorieuses qu'elle ait eues depuis
quatre-vingts ans.

L'élection devait assurer à ce peuple affranchi par
la raison indépendante et ne croyant plus qu'à elle
seule, le gouvernement du plus digne. Mais que Satan
raille cruellement ses victimes ! Le gouvernement du
plus digne a été d'abord celui de Robespierre, puis celui de Barras, puis celui de Napoléon Ier érigeant en
système la guerre sans fin et sans trève et arrosant de
sang humain tous les champs de l'Europe. Le gouvernement du plus digne, ce fut plus tard celui de Louis-
Philippe d'Orléans.

> Le fils a racheté les armes de son père,

dit le poëte du sacre. Les poëtes prennent de telles
licences ! Celui-ci, à la place de *lâchetés* et de *crimes*,
mots malsonnants, parle des *armes* du régicide de sang
royal. Et il dit que le fils rachète les armes de son père
quand le fils marche dans la même voie que son père,
avec la différence d'allures que conseille la différence
des temps. Les yeux fixés sur le même but que son
père, le fils ne voulait point racheter des crimes dont
il attendait le bénéfice. Au mérite des souvenirs de
Philippe Egalité, le fils ajouta le mérite de sa propre
trahison envers ses parents et ses bienfaiteurs, et alors
le vote de deux cent dix-neuf députés lui offrit le trône
comme au plus digne. Une révolution populaire appelée
par la raison indépendante *la révolution du mépris*, ren-
versa ce plus digne, cet élu de la raison indépendante.
Le plus digne après lui, élu par des millions de suffra-
ges, fut Napoléon III. Le plus digne aujourd'hui, élu

par les élus de la nation , c'est M. Thiers. O dérision !
Le plus digne , élu par une majorité conservatrice et
pour pratiquer une politique conservatrice, s'est révélé
il y a près de cinquante ans en publiant une histoire
révolutionnaire de la Révolution française, et n'a pas
cessé un seul jour depuis lors de se vanter d'être révolutionnaire. En cela seulement il n'a pas trompé ceux
qui ont cru à sa parole. Mais il leur a dit en même
temps : Je suis conservateur. Et ils l'ont cru ! On ne peut
plus le croire, et on ne le croit plus. Mais en vain con-
naît-on les engagements à moitié séculaires et les engagements récents qui lient cet homme à la Révolution
et en font son instrument servile, on ne refuse jamais ,
quand il le demande , de donner une nouvelle sanction
à son pouvoir. Il a perdu toute confiance, mais qu'im-
porte ! Les suppôts de la Révolution ne se soucient ni de
confiance ni d'estime , ils ne sont avides que de pouvoir ,
pour servir la Révolution comme elle veut et pour
demander à l'exercice du pouvoir un dédommagement
de la servitude où les tient la Révolution. Sans confiance
et sans estime, on lui donne donc tout le pouvoir qu'il
réclame. Que l'élection est bien faite pour assurer au
peuple le gouvernement du plus digne !

Chacun peut parler aujourd'hui des mœurs infàmes de
Barras, que ne protége plus « le mur de la vie privée »,
et qui appartient tout entier à l'histoire. Nos enfants
jouiront des mêmes franchises à l'égard des plus dignes
qui ont suivi Barras, et ils pourront admirer combien
l'élection ménage au peuple le gouvernement du plus
digne !

Nos enfants, s'ils vivent en des jours moins sombres,
s'ils voient, comme nos aïeux , cette terre de France

inondée de la lumière du ciel, reconnaîtront que ce n'était pas la raison humaine qui s'était substituée à la sagesse divine, mais que c'était véritablement la malice de Satan qui, sous le nom usurpé de la raison indépendante, inspirait la politique de ces temps malheureux. Et le mystère de ces choix qui se succèdent depuis quatre-vingts ans ne sera plus pour eux un mystère.

VIII

Mais voici un Prince devenu l'objet de l'admiration du monde entier par la dignité de sa vie, par l'intégrité de son caractère et de ses mœurs, par la sincérité de son langage, par la générosité de ses sentiments, par l'amour tendre et profond, fidèle et respectueux, qu'il garde à sa patrie dont l'exil, c'est-à-dire la Révolution, le tient séparé depuis quarante-deux ans, par la sagesse et la modération de sa politique, par la grandeur de ses vues. Aucun autre ne peut entrer en comparaison avec lui pour l'intelligence et pour la vertu, et la naissance l'avait désigné avant son mérite personnel, car c'est le Roi de droit divin. « Il ne conspire pas, disent ses ennemis « eux-mêmes ; il ne conspire pas et n'a jamais conspiré ; « c'est contraire à son principe. Ce n'est pas la France « qui lui manque, c'est lui qui manque à la France ; « on sait qu'il ne reviendra que si on va le chercher, « et qu'il ne prendra la couronne que si on va la lui « porter [1]. » Seul, en effet, il est mû par le sentiment

---

1. *Journal des Débats*, octobre 1872.

du devoir, non par l'ambition , quand il parle de sa Royauté. Les autres, qu'ils veuillent la royauté ou l'empire ou la conduite de la république, ne peuvent être inspirés que par leur égoïsme, puisque le devoir ne les oblige pas de prétendre au pouvoir suprême. Mais Dieu a mis au cœur du Prince qu'il a fait le Père de la nation l'amour d'un père pour sa fille, et la grande âme du Prince n'est dévorée que du besoin de se dévouer à la France. Car c'est le Roi de droit divin , c'est l'héritier des Rois qui avaient élevé la France à ce faîte de puissance et de gloire d'où la Révolution l'a précipitée. C'est celui que la raison choisirait, et il n'a pas même à être choisi, car il est le Roi.

Mais la Révolution dit : *Il est impossible.* Et une foule imbécile répète : *Il est impossible.*

Il est impossible, parce que cette société qui maudit la Révolution manque de courage et n'ose pas rompre avec la Révolution. Il est impossible parce que « ceux qui « agissent avec impiété redoutent d'être abominables « au Roi, dont le trône a pour fondement la justice [1]. » Il est impossible, parce que, Roi très-chrétien , il veut sauver et relever la France par une politique très-chrétienne. Il est impossible, parce que, sans vouloir s'imposer au peuple, il ne veut pas non plus être l'élu du peuple souverain, il ne veut être que l'oint du Seigneur, et que du fond de l'exil il a déjà les yeux tournés vers Reims , la ville du sacre et le berceau de la nation française.

---

[1]. « Abominabiles Regi qui agunt impie : quoniam justitia firmatur « solium. » *Prov.*, XVI, 12.

IX

Le sacre avec ses pompes magnifiques, beaucoup seraient curieux d'y assister. Mais le sacre avec sa signification auguste, le sacre, alliance étroite du Ciel et de la terre, le sacre, renouvellement, si j'ose ainsi dire, des vœux que la France fit à son baptême, qu'il est petit le nombre des chrétiens comprenant que cette solennité [1] des siècles chrétiens convient encore au dix-neuvième siècle, si le dix-neuvième siècle ne veut pas finir, abandonné de Dieu, dans la boue et dans le sang ! Nation préférée de Dieu, nous voyons nos Rois comblés dans leur sacre des témoignages de cette prédilection, et un vieil auteur exposait avec complaisance, il y a deux cent cinquante ans , « l'excellence de l'onction de nos « Rois de France par-dessus tous les Rois du monde [2]. »

1. Ce n'est pas sans déplaisir que j'écris ici ce mot. Une solennité , une cérémonie qui, imprimant un caractère ineffaçable et sacré, ne peut pas être renouvelée, est évidemment bien plus qu'une cérémonie et qu'une solennité. Un autre mot se présentait à mon esprit ; mais je n'ai pas osé l'écrire, quoique la moitié s'en trouve déjà dans le nom même du sacre. Il y a ici une question sur laquelle il n'appartient point à un laïque de se prononcer et qu'un théologien même ne résoudrait peut-être pas sans quelque tremblement. Mais elle n'a pas besoin d'être résolue pour que tous ceux qui ont pu comparer le rituel du sacre des Évêques et le rituel du sacre des Rois, j'entends des Rois de France, et voir que les paroles, les onctions et les bénédictions sont à peu près les mêmes, comprennent quelle est la grandeur du caractère que le sacre imprime à nos Rois.

2. *Les Raisons de l'Office et cérémonies qui se font en l'Église Catholique , Apostolique et Romaine. Ensemble, les Raisons des cérémonies du Sacre de nos Rois de France et les douze marques uniques de leur Royauté céleste par-dessus tous les Rois du monde.* Par Claude Villette , chanoine en l'église de Sainct-Marcel lez Paris. 1 vol. in-12. Lyon, MDCXIX. — IIe partie. Vérité unziesme. Pp. 164 et suiv.

C'est dans le sacre que tous les droits se reconnaissent et s'embrassent, pareils à des frères qui ont la même origine. C'est dans le sacre que le droit divin du Roi est établi comme la garantie et la protection de tous les autres droits également divins. Au moment où il allait courber son front pour recevoir l'onction royale, Charles le Chauve dit à son peuple :« Sachez qu'avec l'aide du Sei-
« gneur je maintiendrai l'honneur et le culte de Dieu et
« des saintes Églises ; que, de tout mon pouvoir et de
« mon savoir, j'assurerai à chacun de vous, selon son
« rang, la conservation de sa personne et l'honneur de
« sa dignité ; que je maintiendrai pour chacun, suivant
« la loi qui le concerne, la justice du droit ecclésiasti-
« que et séculier : et ce, afin que chacun de vous,
« selon son ordre, sa dignité et son pouvoir, me rende
« l'honneur qui convient à un Roi, l'obéissance qui
« m'est due, et me prête son concours pour conserver
« et défendre le royaume que je tiens de Dieu, comme
« vos ancêtres l'ont fait auprès de mes Prédécesseurs,
« avec fidélité, avec justice, avec raison [1]. »

Le peuple a reçu, de nos jours, d'autres promesses et d'autres serments. Mais le peuple est par la Révolution émancipé de Dieu, et il n'a point appelé Dieu pour le prendre à témoin de ces promesses, de ces serments. Le 6 août 1830, M. Dupin, rapporteur de la commission chargée d'examiner la proposition Bérard qui appelait au trône Louis-Philippe d'Orléans, disait, aux applaudissements des ennemis du droit divin : « Cette propo-
« sition a pour objet d'asseoir et de fonder un établis-
« sement nouveau quant à la personne appelée et

---

1. HINCMAR. *Opera*, T. I, 741, Coronatio Caroli Calvi.

« surtout quant au mode de vocation. Ici la loi consti-
« tutionnelle n'est pas un octroi du pouvoir qui croit
« se dessaisir, c'est tout le contraire : c'est une nation
« en pleine possession de ses droits qui dit, avec autant
« de dignité que d'indépendance, au noble Prince auquel
« il s'agit de déférer la couronne : *A ces conditions écrites*
« *dans la loi, voulez-vous régner sur nous ?* » En dépit du
proverbe qui assure la durée aux écrits, cette écriture
constitutionnelle n'est point restée la loi de la France. Ni
l'auteur de la proposition, ni le rapporteur, ni le Prince
ainsi appelé au trône, n'étaient jeunes, et tous trois
cependant ont vu périr cette constitution qu'ils avaient
faite pour être éternelle. Les constitutions qui sont
venues après celle-là, également fondées sur le droit
humain, également proclamées éternelles, ont eu
pareille destinée.

C'est que Dieu n'avait pas consacré ces « établisse-
« ments nouveaux » et sitôt caducs, comme il consacrait
autrefois l'autorité de chaque Roi par l'onction sainte.
Et le Prince, sans plus de foi dans son droit que dans
l'amour de ses sujets, n'a plus songé à rendre le peuple
honnête et prospère, mais seulement à se défendre contre lui ; et le peuple n'a plus songé qu'à renverser le
Prince qu'il appelait parjure et tyran.

X

Mais c'est précisément cette onction royale qui rend
inquiet « l'esprit du siècle », c'est l'excellence de l'onction
de nos Rois qui le jette en un trouble profond. Qu'on
me pardonne de rappeler ici une expression populaire
que le peuple du temps présent emploie encore tous

les jours, mais qu'il n'eût pas créée, car une telle expression ne pouvait venir que d'une foi vive. Le peuple
dit d'un homme agité et tourmenté de se sentir dans
un milieu où ses passions sont mal à l'aise, qu'*il se
démène comme le Diable dans un bénitier.* Comment le
Diable n'aurait-il pas de l'huile sainte qui fait les Pontifes et les Rois chrétiens la même horreur que de l'eau
bénite ? Et le Diable ne se loge pas seulement dans le
cœur des impies résolus qui se déclarent athées et des
orgueilleux qui se disent déistes, il se glisse encore dans
le cœur de ces chrétiens qui appliquent à la vertu de
religion elle-même la fameuse maxime : *Rien de trop,*
et qui ne craignent rien tant que d'être trop chrétiens.
Un écrivain à qui l'on doit, je crois, un livre assez édi-
fiant sur saint Paul, raconte avec une complaisance
assurément peu chrétienne que Louis-Philippe d'Orléans
blâmait à voix basse, et très-basse, sans doute, Charles X
d'aller à Reims courber son front royal pour recevoir
l'onction sacrée : « Le duc d'Orléans était de ceux qui
« pensaient que, les infirmités de Louis XVIII ne lui
« ayant point permis de se faire sacrer, il eût été sage
« de profiter de cette lacune survenue par la force des
« choses dans la tradition monarchique pour laisser
« tomber en désuétude une solennité qui, au lieu de
« recommander, comme dans les temps anciens, l'oint
« du Seigneur au respect religieux des peuples, ne
« devait avoir d'autre effet auprès du plus grand nom-
« bre que d'offrir à la curiosité un vain spectacle ou
« une occasion d'inconvenantes railleries à l'incrédu-
« lité [1]. » Après ce blâme dédaigneux jeté à l'onction

---

1. *Vie de Marie-Amélie, Reine des Français,* par M. Auguste Tro-
gnon. Pp. 153 et 154.

divine, l'apologiste de saint Paul, que l'esprit de saint
Paul n'inspire point, glorifie un autre sacre, celui de
Louis-Philippe d'Orléans, car Louis-Philippe fut aussi
sacré, comme on va le voir. Ce n'est pas l'historien de
Marie-Amélie, femme de Louis-Philippe, qui fait ce rap-
prochement, mais le lecteur ne peut se défendre de le
faire en rencontrant ces lignes : « Cette revue où la
« milice citoyenne parut comme sortie de terre, a demi
« organisée, mais puissante par le nombre et par son
« unanime enthousiasme, sembla être pour la royauté
« nouvelle un sacre populaire et la manifestation vi-
« vante d'une autre légitimité que celle de la monar-
« chie qui venait de finir [1]. » Dieu n'a point de caprices
et protége fidèlement ceux qui lui demeurent fidèles ;
mais la souveraineté populaire, naturellement incons-
tante, abandonne et renverse ceux qu'elle a élevés et
qui ont le tort de lui déplaire par où ils avaient su lui
plaire. La même milice citoyenne, qui avait sacré Louis-
Philippe, fit contre lui, sans qu'il eût cessé d'être le
Prince Voltairien qu'elle avait aimé, *la Révolution du
mépris.*

L'historien de Marie-Amélie, déplorant et maudis-
sant le caprice de la milice citoyenne de 1848, après
avoir béni et glorifié son caprice de 1830, rapporte une
parole de sir Robert Peel sur la révolution du 24 février :
« C'est un effet sans cause ». Parole indigne assurément de celui à qui elle est attribuée, indigne même
d'un enfant, indigne de toute intelligence, car s'il n'y a
point d'effets et point de causes, si les événements se
succèdent sans rapport entre eux, s'il n'y a plus de pré-

1. *Vie de Marie-Amélie*, p. 200.

misses et plus de conséquences, il n'y a plus de raison-
nement et il n'y a plus de raison et il n'y a plus de
politique. Et puisque c'est le hasard qui mène tout, la
sagesse, si ce mot peut encore se dire, doit laisser tout
aller au hasard.

Ainsi cette politique de la raison pure, qui repousse
Dieu et le droit divin et l'onction royale et l'alliance
du Ciel et de la terre, pour se conduire toute seule,
aboutit à l'abdication de la raison. Ce sont là les jeux
de Satan.

XI

Je ne veux pas laisser ce livre, de nulle importance
s'il n'était que la révélation des sentiments personnels
de son auteur, mais qui est en même temps le résumé
de la philosophie politique d'un parti et, j'en ai bien
peur, de tout un siècle, je ne veux pas laisser ce livre
sans lui demander encore un enseignement.

L'historien de Marie-Amélie, qui dans tout le cours de
ce gros volume exalte la piété de son héroïne, raconte
qu'à la nouvelle du rétablissement de Louis XVIII,
qui relevait avec son trône toute la Maison de Bourbon,
la duchesse d'Orléans se jeta dans les bras de son mari
pour se réjouir avec lui, tandis que son père Ferdinand IV s'écria : *Faccia in terra per ringraziare Dio!* et
se prosterna en effet, rendant grâces à Dieu.

Il faut que la France, si elle veut être sauvée, il faut
que la société européenne qui ne sera pas sauvée sans
la France, demandent à Dieu des Princes d'une piété
pareille à celle de Ferdinand IV. Et il faut que la France

et la société européenne rendent amour, respect et
obéissance aux Princes que Dieu leur donnera. C'est-à-
dire qu'il faut rompre avec la Révolution, car si
Henri V est impossible, comme la Révolution le crie
par toutes ses voix, c'est seulement parce que
Henri V a été donné de Dieu [1]. Il faut que les peuples,
fatigués par cette longue et effroyable tempête, abju-
rent le prétendu droit populaire et tout droit humain,
et se réfugient sous le droit divin, sous la protection
divine. « Que l'homme, dit Pascal, étant revenu à soi,
« considère ce qu'il est [2] », que les peuples, revenus à
eux-mêmes, considèrent qu'ils sont des peuples chrétiens et qu'ils ne peuvent se reposer que sous la protection du droit chrétien. Que les peuples se rappel-
lent la parole du Seigneur : « J'ai dit : Vous êtes des
« dieux, et vous êtes tous enfants du Très-Haut [3]. »
Quel autre droit que le droit divin peut convenir à des
dieux ? Que les peuples, qui tressaillent au nom de la
liberté, comprennent que la liberté surtout est de
droit divin. Dieu, qui est la Liberté comme il est la
Vérité, comme il est la Justice, comme il est le Bien,
Dieu nous a faits à son image et veut que nous usions
de notre liberté pour réparer en nous cette image
altérée. Il nous veut donc libres : et voilà notre droit à
la liberté !

Que les chrétiens osent donc être chrétiens et ne
rougissent plus de la vérité. Que les hommes monarchiques osent être monarchiques et ne rougissent plus
du droit divin, principe du droit royal, comme ont fait,

1. *Deodatus*, c'est un des noms qu'il reçut à son baptême.
2. *Pensées*, art. 1, Tome I, p. 2.
3. *Ps.* LXXXI, 6.

dans la récente discussion sur la *constitution des Trente*, ces honnêtes gens, encore plus timides qu'honnêtes, qui n'ont pas laissé prononcer une seule fois le nom du droit divin sans protester. Que la France considère qu'elle n'a trouvé au fond « des conquêtes » tant vantées de la Révolution, que les déceptions les plus cruelles. La Révolution lui avait promis que la nation serait libre de choisir ses maîtres, et la nation n'a pu choisir que les plus méprisés et les plus odieux ; et, dans sa liberté révolutionnaire, elle ne peut pas appeler pour la relever le Roi, le Père que Dieu lui avait donné. Son esclavage est pire que celui de l'esclave, qui ne peut pas toujours agir suivant sa volonté, mais qui sent toujours sa volonté libre dans l'impénétrable retranchement de son âme. Son esclavage est celui du malheureux qui a laissé forcer ce sacré retranchement : il paraît libre, et c'est Satan qui le possède et qui, établi au dedans de lui, veut pour lui, qui parle pour lui, qui agit pour lui, et qui choisit pour lui ceux qui sont dignes de l'élection de Satan, c'est-à-dire des bourreaux.

Voilà, dans sa hideuse réalité, la souveraineté du peuple, le droit populaire, le droit humain que la Révolution oppose au droit divin. Et voilà comme est justifiée la parole de Joseph de Maistre :

LA RÉVOLUTION EST SATANIQUE.

Poitiers. — Typographie de Henri Oudin.

www.ingramcontent.com/pod-product-compliance
Ingram Content Group UK Ltd.
Pitfield, Milton Keynes, MK11 3LW, UK
UKHW020049080726
13614UKWH00004B/1956